Zwijsen

estafette

Maanzaad

verhaal en tekeningen
Kristien Dieltiens

Auteur
Kristien Dieltiens

Illustraties
Kristien Dieltiens

Projectgroep Uitgeverij Zwijsen
Monique Engel, Michael van Haaren (projectleiding en redactie)
Marion van der Meulen (AVI-advies)
Odette van Heumen, Anita van Son, Miranda van Zeelst (bureauredactie)
Tony Riboch (vormgeving)
Niek Rooijakkers (productiebegeleiding)
Huub Lucas (uitgever)

1e druk

ISBN 978.90.276.6931.5

NAVIGATOR

M7

www.zwijsen.nl
www.estafette-lezen.nl

Inhoud

1. Een verrassende mededeling

'Rebecca, wacht op mij, ik moet je iets vertellen!'
Fleur kwam hijgend naast me lopen en haakte haar arm in de mijne. Mijn plan om alleen naar huis te lopen was mislukt.
Fleur is mijn beste vriendin, we vertellen elkaar altijd alles. Nou ja, bijna alles. Maar de laatste dagen bestookte ze me met vragen over mijn vakantieplannen en daar wilde ik nou juist met niemand over praten.
'Rebecca, het lijkt wel alsof je van me wegloopt!' Ze gaf me een por in mijn zij en haalde een pakje kauwgum uit haar jaszak.
Ik koos een frambozenkauwgum en hoopte dat ze niets zou zeggen over de zomervakantie. Maar tussen het bellenblazen door vertelde ze toch honderduit over haar plannen wanneer ze eenmaal in Spanje zou zijn.
Ze ging met haar ouders naar dezelfde camping als vorig jaar. Daar had ze een clubje toffe meiden en jongens leren kennen die dit jaar zouden terugkomen. Het zwembad was reuzegroot, de zee was vlakbij en er was een leuke discotheek op het terrein. Als ze goede rapportcijfers haalde, mocht ze er een keer naartoe, had haar moeder gezegd.
'Rebecca, wil jij me nou eindelijk eens vertellen wat jij gaat doen?' vroeg ze en blies een grote, roze bel die onmiddellijk klapte.
'Niets,' antwoordde ik niet helemaal naar waarheid. Ik

wist wat mij te wachten stond. Mijn schoolresultaten waren niet zo best. Ik had een dikke onvoldoende voor geschiedenis en taal. Mijn vader had me van tevoren gezegd: 'Slechte punten betekent: oefeningen voor school herhalen en meehelpen in het hotel.' Ik moest dan samen met de kamermeisjes de gastenkamers schoonmaken, beddengoed van de bedden halen en opmaken met schone lakens. Tafels dekken, weer afruimen en vervolgens weer dekken voor de volgende maaltijd. Ik wist dat ik er ook zakgeld voor zou krijgen, maar een vakantiegevoel zou ik hieraan niet overhouden.
Natuurlijk vertelde ik dit niet aan Fleur; zij vond het immers supercool dat mijn ouders een hotel hadden.
Fleur praatte maar door en ze had niet in de gaten dat ik er stilletjes bij liep. Op het kruispunt moest zij linksaf en ik moest rechtdoor, naar het centrum van de stad.

Ze gaf me nog een vriendschappelijk schouderklopje en liep gehaast verder, haar leuke vakantie tegemoet. Ze zwaaide nog een keer. Haar blonde paardenstaart wipte al even vrolijk als zij gestemd was.
Ik bleef haar nog even nakijken en zag weer hoe verschillend we waren. Ze had lange, blonde haren en droeg altijd hippe jurken volgens de laatste mode. Ze zag er veel ouder uit dan twaalf. Ik leek eerder op een jongen van tien met mijn korte, donkere krulletjeshaar en mijn magere benen. Ik had een hekel aan jurken. Daarom droeg ik meestal een T-shirt met een gewone spijkerbroek. Ook aan mijn naam had ik een hekel. Waarom hadden mijn ouders me niet gewoon Anouk, Sophie of Lotte genoemd? Waarom heette ik Rebecca? Niemand heet Rebecca.
Ik ging langzamer lopen toen ik het hotel van mijn ouders naderde. Het toeristenseizoen was nog maar net begonnen, maar de parkeerplaats stond al behoorlijk vol. Bij de **receptie** stonden mensen met koffers te wachten op de sleutel van hun hotelkamer. Ik zag een **glimp** van mijn vader die lachend enkele nieuwe gasten verwelkomde. Mijn moeder was nergens te zien, maar ik wist dat zij in de keuken bevelen gaf. Ik glipte langs de privétrap naar boven en hoopte dat niemand me had gezien. Helaas, mijn moeder was niet in de keuken maar stond boven, op de overloop, met versgestreken tafelkleedjes in haar handen. Ze boog zich naar me toe en ik gaf haar een haastige zoen.

‘Kom je binnen tien minuten naar beneden?’ vroeg ze. ‘Je vader en ik willen iets met je bespreken.’
Haar gezicht bleef onbewogen en ik kon er niet uit opmaken of het om iets goeds of slechts ging. Zou juffrouw Marleen hebben gebeld? In de klas had ze bij het uitreiken van de rapporten gezegd dat ze mijn ouders wilde spreken. Ze kon maar niet begrijpen dat ik voortdurend onvoldoendes haalde voor geschiedenis.
Ik gooide mijn rugzak op het bed, deed een korte broek aan en precies tien minuten later liep ik met mijn rapport en met lood in mijn schoenen naar beneden.
Mijn ouders dronken koffie met warme melk – café au lait – zoals mijn vader altijd zei.
Mijn vader zette zijn leesbrilletje op en bestudeerde mijn rapportcijfers.
‘Wat? Twee onvoldoendes!’
‘Ja paps, maar ik heb een zeven voor gymnastiek en biologie,’ probeerde ik zwak.
Hij keek over zijn bril beurtelings van mij naar mijn moeder. ‘Rebecca, eigenlijk verdien je het niet wat we besloten hebben.’
Ik wachtte op het vonnis, maar mijn vader bleef tergend lang zwijgen. Zag ik het verkeerd of glinsterden er toch kleine pretlichtjes in zijn ogen?
‘Oma en opa hebben ons gevraagd of je een paar weken bij hen in Frankrijk komt logeren. En Jonathan zal er ook zijn.’

2. Een vreemd landhuis

Op weg naar Normandië kon ik nog steeds niet geloven wat me was overkomen. Ondanks mijn slechte rapport mocht ik toch op vakantie naar mijn grootouders. En Jonathan, mijn favoriete neef, zou ook komen logeren. Mijn oma was lang geleden getrouwd met opa, die uit Frankrijk afkomstig was. Oma leerde opa Nederlands en hij leerde haar de Franse taal. Daarom was het niet verwonderlijk dat mijn vader en zijn broer, Jonathans vader, de beide talen konden spreken. En Jonathan en ik leerden van hen een aardig mondje Frans. 'Dat zal je goed van pas komen als je later het hotel overneemt,' zei mijn vader vaak tegen me.

Het leek een eeuw geleden dat ik Jonathan had gezien. Twee jaar terug hadden we samen in de zomervakantie bij mijn grootouders gelogeerd. We waren allebei fanatieke schatzoekers en avonturiers. In de duinen en velden van Normandië lagen overal grijze **bunkers** verspreid. Die hadden we nog lang niet allemaal ontdekt of bestudeerd. Sommige waren overgroeid met gras, waarop schapen graasden. De zee was iets blauwer dan bij ons en de stranden waren minder dichtbevolkt.

Ik verheugde me tijdens de autorit al op de lange, avontuurlijke tochten met Jonathan. Met koeken en sap in onze rugzak en een verrekijker binnen handbereik om alles en iedereen te bespieden. Zo was het twee zomers geleden.

Vanachter het helmgras bespioneerden we de mensen op het strand. Mannen knoopten kleine handdoekjes om hun heupen, om zich in hun zwembroek te wurmen. Dan lachten we ons een bult. Daarna hielden ze meestal hun uitgetrokken broek ondersteboven tijdens het opvouwen. Er vielen dan vaak munten uit hun broekzakken zonder dat ze het in de gaten hadden. We brachten alles in kaart en 's avonds gingen we op zoek naar het geld in het zand.
We waren allebei ook verwoede strandjutters. Twee zomers geleden hadden we in opa's tuinhuisje een heus museum ingericht met alles wat we op het strand hadden gevonden: ballen in alle kleuren en maten, schepjes, zandvormpjes, zwembroeken, sieraden, bh's, stukken van vliegers en nog veel meer.
Het huis van mijn opa en oma stond in een doodlopende straat die eindigde waar de duinen begonnen. Het was een kleine villa die 'Mirabel' heette. In de tuin stonden enkele pruimenbomen waar gele mirabellen aan groeiden. Het koosnaampje van opa voor oma was ook Mirabel.
Vanuit de slaapkamers had je een weids uitzicht op de duinen en het strand aan de horizon. Slechts één huis stond vlak bij de kleine villa van mijn grootouders. Het was een oud, versleten landhuis dat dringend een lik verf nodig had. Ik herinnerde me dat het huis me twee jaar geleden een akelig gevoel had gegeven. De luiken waren altijd halfgesloten en soms had ik de indruk dat

er iets niet pluis was met het huis. Jonathan had me geplaagd door te zeggen dat het een spookhuis was. Ik wist drommels goed dat hij het huis even griezelig vond als ik.

Deze zomer leek alles echter anders. Toen ik bij oma en opa aankwam, zag ik dat Jonathan erg veranderd was. Hij was opeens een kop groter dan ik en op zijn bovenlip groeide een beetje dons. Zijn stem klonk vreemd, met barstjes erin. Hij begon op een man te lijken, wat ik vreselijk vond. Ikzelf was niet zo veel veranderd. Dezelfde jongensachtige Rebecca in spijkerbroek en sportschoenen, hooguit vijf centimeter gegroeid. Jonathan zei me nauwelijks goedendag toen ik mijn koffer naar binnen sleurde. Hij praatte met mijn vader over koetjes en kalfjes alsof hij de man des huizes was.
'Bel ons als het te zwaar wordt,' zei mijn vader tegen oma. Oma knikte en wuifde hem de deur uit.
'Zul je goed voor oma en opa zorgen?' fluisterde mijn vader in mijn oor. Hij was gehaast om terug naar huis te gaan, want het werk wachtte.
Opa en oma werden oud, zag ik. Opa hoorde niet meer zo goed en oma was kortademig geworden. Opeens besefte ik waarom ik hier was. Mijn vader was bezorgd voor zijn ouders. Jonathan en ik waren goed gezelschap voor onze grootouders die een dagje ouder werden. Omdat Normandië toch niet naast de deur ligt, waren

logeerpartijtjes bij onze grootouders zeldzaam. Ik wist dat oma en opa heel gelukkig waren met onze komst.

Toen ik 's avonds laat in mijn kamer mijn koffer uitpakte, werd mijn aandacht getrokken door het **mysterieuze** landhuis dat verderop in de duinen stond. De luiken waren zoals vroeger halfdicht, maar op de bovenverdieping was één venster met geopende luiken. In het lichtschijnsel van de kamer tekende zich een donkere **gestalte** af. Het was voor het eerst dat ik een levende persoon zag in het landhuis. Ik kon van hieruit geen gezicht zien, maar één ding was me duidelijk: een vrouw in een lang **gewaad** stond onbeweeglijk voor het geopende raam en staarde naar buiten. Ze leek wel een standbeeld. Plotseling kreeg ik het griezelige gevoel dat ze naar mij staarde. Vlug knipte ik het licht uit en kroop huiverend in bed.

... Haar gerimpelde hand omklemde het fluwelen gordijn. Twee zwarte ogen staarden naar buiten, naar het huis vlakbij.
De vrouw in de lange, witte jurk schudde angstig haar hoofd. Het meisje was teruggekomen! Lieve Rebecca! Haar leven was in gevaar! Wat moest ze doen opdat de man met de ***monnikskap*** *niet terug zou komen?*

3. Vervelende Jonathan

Ik sliep lang uit en werd pas wakker toen Felix, de zwarte kater van mijn grootouders, zich spinnend naast me **neervlijde**. Het duurde even voor het tot me doordrong waar ik was, maar onmiddellijk daarna herinnerde ik me de vreemde **gestalte** in het landhuis. Ik sprong uit mijn bed en liep naar het venster. Alle luiken van het landhuis waren halfdicht.

De heerlijke geur van gebakken eieren met spek lokte me naar beneden. Opa luisterde in zijn vertrouwde leunstoel naar de luide radio en bladerde ondertussen in de ochtendkrant. Ik gaf hem een zoen – hij rook naar zoete tabak van sigaren – en riep goedemorgen in zijn oor.

Toen oma uit de keuken kwam en me hartelijk kuste, zag ik dat Jonathan al wakker was. Hij zat in de studeerkamer waar de grote boekenkast van opa stond. Hij keek niet op maar bladerde in oude boeken. Pas toen oma hem riep voor het ontbijt, merkte hij me op en zei afstandelijk: 'Hoi.'

Ik antwoordde met dezelfde groet en stortte me op de heerlijke omelet. Daarna deed ik de afwas met oma, terwijl Jonathan weer verdween in de studeerkamer. Hij reageerde niet toen ik riep dat jongens niet te mooi waren om mee te helpen afwassen. Hij keek niet eens op toen ik naast hem kwam staan. Had ik hem niets gevraagd, dan had ik daar misschien een uur gestaan

voor hij me zou hebben opgemerkt. Ben ik soms een kamerplant? dacht ik.
'Hallo Jonathan,' probeerde ik nogmaals, 'ik ben Rebecca de kamerplant. Zin in een avontuur of schattenjacht?'
'Ik speel niet meer met meisjes,' zei hij zonder van zijn boek op te kijken.
'Wat doe je dan eigenlijk wel?' Omdat hij bijna veertien was en ik twaalf moest hij niet denken dat hij **de wijsheid in pacht had**.
'Ik houd me tegenwoordig met ernstige dingen bezig,' mompelde hij.
'Waarmee dan?' informeerde ik. 'Handtekeningen van beroemde voetballers verzamelen? Een postzegelverzameling aanleggen?'

Hij rolde met zijn ogen alsof ik het grootste uilskuiken was dat er op twee benen rondliep en hij zojuist verheven was tot de orde der intelligentste wezens. Hij bestudeerde een oude zwart-witfoto in het boek; zijn mond stond een beetje open.
Ik voelde in mijn buik een wolkje boosheid opstijgen. Opeens kreeg ik de neiging een snotje uit mijn neus te peuteren, dat tot een bolletje te rollen en het in zijn halfopen mond te mikken. Maar dat deed ik natuurlijk niet. Mijn ouders hadden me heus wel een beetje opvoeding meegegeven. Dus liet ik mijn snotjes waar ze zaten, en bewaarde ze voor 'je-weet-maar-nooit-wanneer-een-mens-ze-echt-nodig-zou-kunnen-hebben'.
'Ik ben boeken over de oorlog aan het lezen,' zei Jonathan afstandelijk. Waar was de Jonathan van vroeger?
'Welke oorlog?' vroeg ik, niet van plan om het onmiddellijk op te geven.
'De Tweede Wereldoorlog natuurlijk,' antwoordde hij chagrijnig.
'Het kon toch ook de Eerste zijn,' zei ik **nonchalant**.
'Daar weet je even weinig van. Trouwens, wat is er zo boeiend aan oorlog dat jij je vakantie eraan opoffert? De zon schijnt en de zee is vlakbij.'
Hij trok onverschillig zijn schouders op, liep naar de eetkamer en legde een stapeltje boeken op de eettafel. Ik was blijkbaar maar een vlieg voor hem. Een lastige bromvlieg die om zijn hoofd kwam zoemen en zich niet zomaar liet wegslaan.

De stapel boeken groeide en werd een flinke berg die het halve tafelblad in beslag nam.
Ik slofte verveeld naar het venster en keek naar het landhuis in de duinen. Ging dit mijn zomervakantie worden? Felix, de kater, gleed met gestrekte staart langs mijn benen en miauwde om opgepakt te worden.
'Wow,' zei Jonathan nog steeds starend naar enkele oorlogsfoto's. 'Oma, hier staat het zwart op wit. De dorpelingen hier hebben erg geleden tijdens de oorlog. Een paar kilometer hiervandaan zijn de Canadese soldaten langs de **kliffen** aan land gekomen om Europa uit Hitlers handen te bevrijden.' Oma knikte.
Jonathan was duidelijk helemaal in de ban van die stomme oorlog. Als hij zich de hele vakantie op deze manier zou gedragen, was ik liever thuisgebleven. Daar zou ik tenminste nog een beetje zakgeld hebben verdiend. Ik dacht aan Fleur en aan toffe vakantievrienden, een heerlijke discotheek en een reuzegroot zwembad in Spanje.
Ik zag opa naar buiten sloffen en broodkruimels strooien voor de vogeltjes. Daarna legde hij zijn gerimpelde handen boven zijn ogen en volgde de zeemeeuwen door de felblauwe lucht. Ik hoorde oma in de keuken tegen Felix praten alsof hij haar baby'tje was. Natuurlijk was het goed dat ik naar Frankrijk gekomen was. Mijn grootouders werden ouder en ik wist dat mijn ouders zich soms bezorgd maakten omdat ze zo afgelegen woonden.

4. Huize Monnikskap

'Oma?' Jonathan keek eindelijk op uit het dikke geschiedenisboek. 'Hoe oud was u tijdens de oorlog? Kunt u zich nog veel herinneren?'
Oma kwam uit de keuken met twee glazen pruimensap. Ze maakte het sap ieder jaar zelf van de mirabellen uit de tuin. Oma knipoogde naar me en ik wist opeens dat ze me begreep. Ze had gemerkt dat het deze vakantie niet goed klikte tussen Jonathan en mij. Ik zag haar nadenken over de vraag die Jonathan haar had gesteld.
'Ik was zes jaar aan het einde van de oorlog en opa was zeven. Veel herinneren we ons niet. Daarvoor waren we te klein. Het zijn de verhalen van onze ouders en de fotoboeken die ons aan de oorlog herinneren.'
Ze ging achter Jonathan staan en keek over zijn schouder mee in het boek. Toen kwam er een glimlach op haar gezicht. Ze leek op een gerimpeld appeltje dat iets te lang in de kelder heeft gelegen, maar er nog altijd uitziet om in te bijten.
'Kijk Jonathan.' Oma wees naar een oude foto in het boek. 'Herken je deze foto?'
Jonathan keek aandachtig maar schudde zijn hoofd.
Ik was ook dichterbij gekomen en bekeek de bruingele foto. Ik herkende het plaatje onmiddellijk. Het was een kaal duinlandschap met doornstruiken en in de verte stond een huis.
'Dat is hier,' zei ik, 'dat is het landhuis achter in de

duinen. Herken je het spookhuis niet, Jonathan?'
Jonathans mond viel een beetje open.
'Natuurlijk, het spookhuis,' mompelde hij.
Oma glimlachte. 'Rebecca heeft het bij het rechte eind. Tijdens de oorlog stond hier maar één huis: 'Huize Egelantier'. Pas veel later zijn de andere villa's hier gebouwd.'
Haar glimlach verdween en over haar gezicht kwam opeens een schaduw. 'Het is vreemd dat jullie dit landhuis een spookhuis noemen. Natuurlijk wonen er geen spoken. Alleen maar mensen van vlees en bloed. Maar tijdens de oorlog zijn daar wel vreemde dingen gebeurd.'
'Wat voor vreemde dingen?' Mijn aandacht was gewekt, net als mijn nieuwsgierigheid en mijn zin in avontuur.
'Ja, vertel ons erover, oma,' zei Jonathan even enthousiast als ik. Hij leek opeens weer op die Jonathan van twee jaar geleden.
Oma kwam bij ons aan tafel zitten. 'Wat ik weet, weet ik van opa. Hij heeft hier altijd gewoond. Je zou het hem zelf kunnen vragen maar hij wordt niet zo graag herinnerd aan de oorlog. Want zijn vader, jullie over-

grootvader, werd gedood door een granaatscherf. Laat hem maar rustig genieten van de Tour de France.
De mensen in het dorp noemen het huis 'Huize Monnikskap', ook al staat er op de gevel 'Huize Egelantier' geschilderd. Er wonen drie zusters: Georgette, Amélie en Judith. Ze zijn heel oud, rond de negentig vermoed ik, maar ze zijn nog steeds gezond. Ze zijn mensenschuw en buiten de postbode, een tuinman en een enkele keer een poetsvrouw, komt er niemand aan huis. Iedereen vermoedt dat zij akelige dingen hebben meegemaakt tijdens de oorlog. De jongste zus zou haar verstand hebben verloren.
Met de twee oudste zussen, Georgette en Amélie, heb ik wel contact. Ze geven me wekelijks een boodschappenlijstje mee voor dingen die je alleen in de natuurvoedingswinkel kunt kopen. Al hun andere boodschappen laten ze thuisbezorgen.'
'Weet je ook wat ze hebben meegemaakt?' vroeg Jonathan gretig.
Ik zag oma twijfelen, dus drong ik aan op een antwoord.
'Jullie zijn nog zo jong, en ik vraag me af of jullie alles zouden begrijpen. Het zijn immers verhalen van lang geleden, over mensen die jullie niet kennen.'
In koor riepen Jonathan en ik: 'Alsjeblieft oma, vertel!'
Ze schonk zichzelf een glas pruimensap in. 'Jullie wonen allebei in een stad en daar is het leven heel anders dan in een dorpje. Dit dorpje heeft iets eigenaardigs. Je

krijgt hier de indruk dat iedereen alles weet van iedereen, maar dat ze besloten hebben om erover te zwijgen. De mensen lijken hier op de **bunkers** die je in de duinen aantreft. Dikke muren waar geen geluid doorheen kan, maar met overal gaten waardoor geloerd kan worden. Alleen van binnen naar buiten. Ook al woon ik hier sinds mijn huwelijk met opa, ik blijf voor de dorpelingen de vrouw die uit Nederland kwam.
Sommige mensen beweren dat Huize Monnikskap lang geleden een geheim **hoofdkwartier** was voor Duitse spionnen. Andere mensen spreken over een geheime liefde tussen de jongste dochter en een Duitse soldaat. Ach, mensen zeggen zo veel. En de verhalen worden sterker met de jaren. Het fijne zullen we nooit te weten komen. Alleen de drie zusters Boulanger weten het en zij zullen het geheim meenemen in hun graf.'
Het bleef stil aan tafel.

De vrouw in de lange, witte jurk stond voor het grote venster dat uitkeek op de tuin. Haar oude handen wriemelden aan de stof van haar jurk. '... De man met de ***monnikskap*** *zal terugkomen. Ik weet het, want het meisje is daar,' fluisterde ze angstig. 'Georgette, ik heb maanzaad nodig, veel maanzaad ...'*
'Natuurlijk krijg je maanzaad, Judith! Vandaag nog. Zo veel als je wilt,' antwoordde Georgette.
De vrouw in de witte jurk werd iets rustiger, maar ze bleef 'maanzaad, ik wil maanzaad' ***murmelen****.*

5. Zin in avontuur

Geboeid keek Jonathan verder naar de vergeelde foto's van liggende, staande of met de armen om elkaars schouders poserende soldaten, een sigaret scheef tussen de lippen en een platte soldatenmuts op het hoofd als een gevallen pannenkoek. Ze glimlachten allemaal naar de fotograaf en het leken **gezworen kameraden**.
Ik begon te wiebelen en hoopte dat het knerpen van mijn rubberen zolen hem zou hinderen. Maar hij bleef geconcentreerd kijken naar de foto's. Net toen ik opnieuw het gevoel kreeg in een kamerplant te zijn veranderd, keek hij op. Hij legde een vinger op zijn mond en beduidde me dat hij iets wilde zeggen dat oma niet mocht horen. Maar oma was in de keuken aan het rommelen met potten en pannen.
'Heb je er zin in?' fluisterde Jonathan en hij wees naar de foto met het **mysterieuze** landhuis.
'Waarin?' fluisterde ik terug, terwijl het volstrekt overbodig was om te fluisteren. Oma was ondertussen begonnen met zingen. Een Franse **chanson**, iets over een onmogelijke liefde voor zover ik het kon begrijpen.
'Ik wil erachter komen wat daar in de oorlog allemaal is gebeurd,' zei Jonathan. Hij keek geheimzinnig en zijn ogen schitterden.
'Hoe pakken we dat aan?' vroeg ik. Het avontuur lonkte en Jonathan was weer gewoon Jonathan zoals ik hem altijd had gekend.

'Ik heb een plannetje. Laat het maar aan mij over.'
Hij riep in de richting van de keuken. 'Oma, wij zullen de boodschappen wel naar Huize Monnikskap brengen.'
Oma kwam met een aardappel en een schilmesje bij ons staan.
'Als ik het goed begrijp, willen jullie de gezusters Boulanger een bezoekje brengen?' Haar ogen schitterden ondeugend. Onze superslimme oma wist duidelijk wat we van plan waren.
'Ik zal jullie het boodschappenlijstje geven, zodat jullie eerst de boodschappen kunnen doen. Daarna kunnen jullie alles bij hen thuisbezorgen. Zoals ik al zei, ze zijn mensenschuw en ze laten niemand binnen. Maar ik denk dat ze meer vertrouwen hebben in kinderen dan in volwassenen. Mij kennen ze ook en als je hun mijn groetjes overbrengt, zullen ze minder **argwaan** hebben. Ik denk opeens nog aan iets. Ik weet toevallig dat hun oude tuinman niet meer komt. Ze hebben mij gevraagd of ik iemand ken die het onkruid wil wieden. Iemand die te vertrouwen is welteverstaan. Misschien kunnen jullie wel een helpende hand toesteken? De beste manier om mensen aan de praat te krijgen is bij hen gaan werken.'
Toen glimlachte ze geheimzinnig. Waarschijnlijk wist ze veel meer dan dat ze zei.
'Oké,' zei Jonathan, 'Rebecca en ik gaan de dames Boulanger een bezoekje brengen. Bedankt voor de tip,

oma!' Hij gaf haar een kus op haar wang, die altijd zoet rook. Ik gaf er haar twee.
'Je hebt me gered, oma,' fluisterde ik in haar oor, dat versierd was met een fonkelende parel. Haar gezicht glimlachte zich in plooitjes.
Een uurtje later waren we op weg naar de kleine natuurvoedingswinkel in het dorp. We hadden een vreemd boodschappenlijstje meegekregen: drie pakken tarwemeel, drie pakken rietsuiker, een pak sesamzaad en drie pakken maanzaad. Maanzaad? Waarvoor had iemand zo veel maanzaad nodig?
In de winkel probeerde ik zo goed mogelijk Frans te spreken, en de vriendelijke verkoper verbeterde de foutjes die ik maakte. Ook Jonathan had van zijn vader Frans leren spreken, dus dat zou alvast geen problemen opleveren wanneer we een bezoekje brachten bij de drie zusters in het landhuis.
Toen we het maanzaad bestelden, keek de verkoper even op en vroeg: 'Is het voor de zusters Boulanger?' We knikten bevestigend en hij ging verder: 'Zeg hen dat de aardappelen die ze besteld hebben, waarschijnlijk overmorgen geleverd zullen worden.'
Even later zaten we weer op onze fietsen en waren we op weg naar ons eerste avontuur. Voor het eerst had ik het gevoel dat dit weleens een echt avontuur kon worden. Ik voelde een spanning in mijn buik die ik nooit eerder had ervaren. Opeens leken de vorige avontuurlijke tochten die ik met Jonathan had gemaakt, erg

kinderachtig. Ik had voor geen goud willen ruilen met Fleur en haar heerlijke discotheek ergens in Spanje.
We stalden onze fietsen tegen het ijzeren hek en liepen met de boodschappentassen de grote laan in. Langs beide kanten groeiden er metershoge donkerpaarse bloemen. Ik had ze nooit eerder in een tuin zien staan. Zou het misschien een typische bloem zijn van de streek? Ook Jonathan had ze opgemerkt.
'Monnikskappen,' fluisterde Jonathan. Waarom fluisterde hij eigenlijk?
'De meest giftige van alle bloemen,' vervolgde hij. 'Zowel de bloemen als de bladeren en de wortels zijn zo giftig dat je er een mens mee kunt doden.'
'Wie zet er nu zoiets in zijn tuin?' vroeg ik.
Hij haalde zijn schouders op. 'Misschien om duidelijk te maken dat hier niemand welkom is. Nu begrijp ik waarom dit huis 'Huize Monnikskap' wordt genoemd.'
Het kriebelende gevoel in mijn buik werd sterker en ik wist dat er vandaag iets zou gebeuren.
Hier liepen we, Jonathan en ik, en alles voelde toch ook heel gewoon. We waren nog steeds schatzoekers op zoek naar avontuur. Ik keek naar de monnikskapbloemen links en rechts en hield automatisch mijn adem in. Waren ze echt zo giftig als Jonathan beweerde?

6. Een verwilderde tuin

De oprijlaan was lang en opeens doemde het landhuis voor ons op. Tegen de rotsachtige muren van het huis groeide de egelantier, een wilde roos. De bloemen waren donkerroze en hingen in kleine trossen aan elkaar. De tuin lag er verwilderd bij en had dringend behoefte aan een tuinman of iemand met een snoeischaar. Een stenen trapje leidde naar de voordeur, waarboven een afdak uitstak.

De bel was een lange ijzeren staaf en ik zag hoe Jonathan even aarzelde voor hij eraan trok. We schrokken van het klingelende geluid dat galmde in de gang. Het wachten scheen eindeloos en ik wilde bijna teruggaan, toen de deur op een kier werd opengemaakt. We zagen niet meer dan het halve gezicht van een oude vrouw die ons streng en onderzoekend aankeek. Ze deed me even huiveren, al wist ik niet echt waarom.

'Ja?' vroeg ze op een onvriendelijke manier. Haar stem was kil en scherp, evenals haar blik.

Jonathan kuchte even voor hij sprak. 'Dag mevrouw. U moet de groeten hebben van Mirabel, onze grootmoeder. Zij vroeg me om uw boodschappen te brengen en ik moest u ook van de winkelier zeggen dat de aardappelen overmorgen worden geleverd.'

Ik keek verwonderd naar Jonathan. Zo stroef als hij gisteren had geklonken, zo vlot klonk hij nu.

De deur werd iets meer geopend en de vrouw was nu

volledig zichtbaar. Ze droeg een lange, donkere rok met daarboven een grijze wollen trui alsof het hartje winter was. Aan haar voeten droeg ze geruite pantoffels. Ik vond nog steeds dat ze ons op een vreemde manier opnam, alsof ze zich ervan wilde verzekeren dat we geen boeven waren. Haar ogen bekeken mij helemaal en toen onze blikken elkaar kruisten, kreeg ik het gevoel dat ze tot in mijn ziel keek.
Jonathan overhandigde haar de boodschappentassen en het gezicht van de vrouw ontspande een beetje.
'Dank je wel kinderen voor de boodschappen. Jullie grootmoeder is een lieve vrouw. Wacht hier even, ik haal binnen het geld dat ik haar schuldig ben.'
Ze verdween de donkere gang in, maar liet de deur halfopen staan.
Meer had Jonathan niet nodig. Hij duwde de deur helemaal open en nieuwsgierig gluurden we naar binnen. Het duurde even voor onze ogen in het duister alles konden onderscheiden. De vloertegels waren donker, net als het behang. Dat leek al een eeuwigheid op de muur te zitten, waardoor het bloemetjesmotief nauwelijks nog zichtbaar was. Op kleine houten bijzettafeltjes stonden grote bloempotten met hoge kamerplanten.
De oude vrouw bleef lang weg en Jonathan keek me vragend aan. Ik moest hem helpen, maar hoe? Ik was even nieuwsgierig als hij naar de geschiedenis van dit vreemde huis met zijn bewoonsters.
Ik ging het trapje af en keek naar de verwilderde tuin,

net toen de vrouw terugkwam. Ik vatte moed en zei zo luchtig mogelijk: 'Wat een bijzondere tuin, mevrouw. Jammer dat hij er wat verwilderd bij ligt. Ik hou van oude tuinen en ik doe niets liever dan tuinieren.' Ik wist dat mijn Frans niet perfect was, maar ze scheen me toch helemaal begrepen te hebben.
Jonathan had mijn hint onmiddellijk begrepen. 'Ik hou ook van tuinieren,' zei hij overtuigend. 'In Nederland hebben we helaas maar een klein tuintje. Ik kan daar alleen grasmaaien.'
Ik voelde dat de vrouw geïnteresseerd was.
'Weten jullie iets van tuinieren?' vroeg ze verrast, terwijl ze haar hoofd een beetje schuin hield. Haar stem en haar blik waren minder kil maar toch klonk er nog wantrouwen in haar stem.
Jonathan knikte heftig met zijn hoofd. 'Ja mevrouw. Als we bij onze grootouders logeren, werken we iedere dag in de tuin. Struiken snoeien, onkruid wieden, het tuinpad vegen ...'
'... we doen het graag en we kunnen het hartstikke goed,' vulde ik aan, 'dat zeggen onze grootouders althans.'
De vrouw bleef even nadenken. Toen knikte ze zachtjes met een flauwe glimlach op haar lippen. 'Zouden jullie hier in de tuin willen komen werken?' vroeg ze.
We knikten al heftig met ons hoofd voor ze was uitgesproken.
'Als jullie goed werk verrichten, kunnen jullie elk drie

euro per uur verdienen. Kom morgen maar terug om dezelfde tijd, niet vroeger en niet later. Afgesproken?'
We knikten verheugd en de voordeur werd gesloten.
Toen we het pad afliepen, voelde ik de drang om me even om te draaien. Vergiste ik me of stond er echt iemand ons vanachter de gordijnen te bekijken? Ik voelde een rilling over mijn rug glijden, maar ik zweeg erover tegen Jonathan.

Georgette liep naar de voorkamer waar de vrouw in de witte jurk door een kier in de gordijnen naar buiten keek.
'Kijk Judith, hier is het maanzaad. Nu hoef je niet meer bang te zijn.' Georgette gaf de drie pakken maanzaad aan Judith. Ze leek minder angstig en klemde de drie pakken tegen haar borst alsof ze ze nooit meer wilde loslaten.
'Zal ik je haren kammen, Judith?' vroeg Georgette.
Judith knikte langzaam en haar ogen keken naar een punt in de verte. 'Ik wil een witte bloem in mijn haar,' sprak ze dromerig.

7. Vrouwentongen en spookverschijningen

De volgende dag, klokslag twee uur, stonden we weer voor de deur bij de zusters Boulanger. Dezelfde vrouw deed open en liet ons binnen in de donkere gang. Kaarsrecht liep ze voor ons uit; haar voeten met **vilten** pantoffels maakten geen geluid. Ze leek helemaal niet op een vrouw die negentig jaar zou moeten zijn. We schuifelden achter haar aan, niet goed wetend of we onze schoenen wel mochten aanhouden. De gang leek eindeloos. Zeker twintig koperen bloempotten met grote kamerplanten stonden tegen de muren.
'Vrouwentongen,' fluisterde Jonathan, die blijkbaar echt verstand had van planten en bloemen. Ik wist dat Jonathan een bolleboos was, een kei op school, maar dat hij daarnaast alles afwist van bloemen en planten vond ik verbazingwekkend. De lange, puntige vetbladeren staken als zwaarden in de lucht.
Midden in de hal was een grote houten trap met drie niveaus. Onbewust keek ik naar boven. Het waren maar enkele seconden, maar genoeg om een **glimp** op te vangen van een vrouw die eruitzag als een spookverschijning. Ik dacht direct aan de gedaante die ik de eerste avond vanuit mijn slaapkamerraam had gezien. De vrouw boven aan de trap droeg een lange, witte jurk en een grote witte bloem sierde haar witte, opgestoken haar. Zo'n bloem die men voor rouwkransen gebruikt, dacht ik in een flits. Maar ik kreeg de kans niet om haar

beter te bekijken. Voor ik het besefte, was ze alweer verdwenen. Het leek alsof ik op klaarlichte dag had staan dromen.
'Pst!' Jonathan zag dat ik bij de trap was blijven staan en hij wenkte me.
De vrouw bracht ons naar een ouderwetse keuken zonder moderne keukenapparatuur. Er was alleen een oude, gespikkelde gootsteen en een waterpomp in plaats van een kraan die je tegenwoordig in iedere keuken aantreft. Verder stond er een oud gietijzeren fornuis waarop grote kookpotten stonden. Op de ronde tafel lag een plastic tafelkleed en tegen de wand stond een open kast waarop potten met ingemaakte groenten stonden. Aan de andere kant stond een oude keukenkast met laden. Geen koelkast of magnetron. Hier was de tijd stil blijven staan, alsof je naar een vergeelde foto keek. Deze keuken was net een plaatje uit opa's oude oorlogsboeken. Nergens kon ik zien dat hier echt geleefd werd. Geen radio, geen opengeslagen krant op de keukentafel, geen koekjestrommel, geen vlekken van gemorste koffie. Alleen een bakje melk voor een poes die nergens te zien was. Zelfs de geur was oud en **verschaald** alsof de kamer nooit werd gelucht. Het huis ruikt naar de dood, dacht ik.
De vrouw haalde uit de lade van de keukenkast een velletje papier. 'Ik zal een plattegrond tekenen van de tuin, zodat jullie weten waar jullie kunnen beginnen.'
Ze tekende de tuin, die opeens veel groter leek dan we

hadden vermoed. Hij was helemaal **omzoomd** door een metershoge muur. Achter de muur begon het natuurgebied dat overging in de duinen.
Ze omcirkelde een deel van de tuin. 'Hier kunnen jullie beginnen met het verwijderen van het onkruid langs het pad. Daar staat de tuinschuur waarin jullie al het nodige materiaal vinden. Onze tuinman, Pierre, was heel netjes op zijn tuingereedschap dus ik verwacht van jullie hetzelfde. Ik zal jullie even voorgaan.'
Ze stond op en opende de keukendeur die uitkwam op een veranda waar nog meer planten stonden. Het waren ook weer voornamelijk vrouwentongen. De veranda keek uit op het eerste gedeelte van de tuin waar een stenen tafel stond met stenen banken eromheen.
We kwamen al vlug in het donkere gedeelte van de tuin. Alles was hier even vreemd, alsof ook hier de tijd stil was blijven staan. We liepen langs grote struiken met blauwpaarse hortensia's en allerlei verschillende soorten rozenstruiken. Tussen de struiken door slingerden kleine paadjes die nergens naartoe leken te leiden. In geen enkel stuk tuin kon de zon helemaal doordringen. Hier en daar zag ik gouden spikkels als bewijs dat het vandaag nog steeds een zomerse dag was.
De vrouw bleef staan bij een paadje. 'Daarachter is het tuinschuurtje,' wees ze vriendelijk. 'Daar vinden jullie gereedschap waarmee je het onkruid kunt wieden.'
Ik voelde dat ze opgelucht was dat iemand iets zou doen aan het vele onkruid. Ze keek ons opeens zeer

vriendelijk aan. 'Jullie mogen mij Georgette noemen, voor het geval jullie me nodig hebben. Hoe heten jullie?'

'Ik heet Jonathan,' zei mijn neef en hij grijnsde breed.

'Ik ben genoemd naar mijn grootvader, bij wie ik nu logeer.' Georgette knikte en keek vragend naar mij.

'Ik heet Rebecca,' zei ik. 'Ik ben genoemd naar niemand speciaal. Mijn ouders vonden het gewoon een mooie naam.'

De glimlach leek te bevriezen op haar gezicht.

'Rebecca,' **prevelde** ze, 'heet jij echt Rebecca? Wat eigenaardig ...'

Ze leek even in gedachten verzonken, maar herstelde zich toen. De glimlach verscheen terug op haar gezicht en ze wenkte ons om haar verder te volgen.

8. Monnikskappen en aronskelken

Ze liep door tot we een eindje verderop, bij een hoge muur, een bloemenveld naderden. Het lag half verscholen achter hoge Canadese populieren en er groeiden twee soorten bloemen. Er waren witte bloemen, bestaande uit een grote kelk waaruit een oranje stamper torende. Opeens besefte ik dat de vrouw die ik maar even had gezien, zo'n bloem in haar haren had gedragen. En rond het witte bloemperk groeiden dezelfde paarse monnikskappen die we in de voortuin hadden gezien.

Het grootste gedeelte van de tuin was duister en onaantrekkelijk. Mijn ogen werden steeds getrokken naar de witte bloemen met hun omkransing van paarse monnikskappen. Het was het enige stuk tuin dat zorgvuldig was onderhouden.

'Kijk,' zei Georgette, 'hier kunnen jullie beginnen. Al het onkruid moet weg van hier tot daar.' Ze wees een donker stuk aan dat begon bij de populieren en eindigde waar het vreemde bloemenveld begon. Ze zag me naar de bloemen kijken want opeens zei ze: 'Bij het veld met de aronskelken mag je niet komen. Dat is het bloemenveld van mijn jongste zuster Judith. Sinds onze tuinman er niet meer is, verzorgt zij dit bloemperk. Pas op voor die paarse bloemen; ze aanraken kan zelfs al gevaarlijk zijn.'

Jonathan knikte overtuigend. 'U hoeft niet bang te zijn. Ik weet genoeg van bloemen en planten.'

Georgette scheen opgelucht te zijn. Ze bracht ons terug naar het tuinschuurtje, waar we het gereedschap konden vinden en liet ons daarna alleen.
Jonathan en ik keken zwijgend om ons heen. De tuin had iets spookachtigs, alsof er nooit een levende ziel kwam. Net als in het huis leek het alsof het verleden hier gevangen werd gehouden. Geen spoortje van de moderne tijd was hier terug te vinden. Het was stil in de tuin en alleen het gefluister van de blaadjes van de populieren was hoorbaar. Het was alsof de hoge bomen op ons neerkeken en het geritsel had iets onheilspellends. Alsof zij aan elkaar de geheimen doorfluisterden die wij niet mochten horen.
Alles bloeide volop en toch zag de tuin er niet zomers uit. Alles was dichtbegroeid en donker en daar konden de kleuren van de bloemen niets aan verhelpen. Het was alsof de zonnestralen er niet konden doordringen, net als de tijd. Opnieuw had ik het gevoel naar een oude foto te kijken. Hadden we dit nu zo graag gewild?
'Hoe moet het nu verder?' vroeg ik. Het idee dat ik mijn vakantie harkend en spiedend zou doorbrengen was niet bepaald aantrekkelijk te noemen.
Jonathan haalde zijn schouders op. 'Over de oorlog praten zal nog een hele klus worden. Na deze klus bedoel ik.' En hij wees naar het wachtende werk overal in de tuin. Met een diepe zucht trok hij de kruiwagen uit de schuur naar buiten.
We liepen met wat tuingereedschap terug naar het veld

met de giftige monnikskappen en keken naar de dieppaarse kleur. Het was alsof de bloemen terugkeken. Ik voelde er een **bedwelmende** kracht van uitgaan. Het was alsof ze er enerzijds stonden om de witte bloemen te beschermen, als wachters in een kring. Anderzijds leek het alsof de witte bloemen gevangen zaten in een kring van paars zodat niemand er bij kon. Een vreemde plek, dacht ik, hier klopt iets niet.
We besloten zo dicht mogelijk bij het huis te beginnen. Misschien konden we iets opvangen van wat zich in het huis afspeelde. Ik had Jonathan verteld over de geheimzinnige vrouw in het witte **gewaad** met in het haar dezelfde bloem als die van het bloemperk.
Toen we even later bij de veranda het onkruid tussen de rozen aan het wieden waren, kreeg ik het gevoel dat we bespied werden. Maar misschien verbeeldde ik het me maar. Mijn fantasie kende geen grenzen volgens mijn

ouders. Ik gluurde naar de gesloten overgordijnen, die gemaakt waren van een donkere, zware stof.
Ik keek naar Jonathan en hij keek naar mij. Ik zag dat hij precies hetzelfde voelde.
Hij harkte verder de dode bladeren bij elkaar en **murmelde** tussen zijn bijna gesloten lippen: 'Rebecca, iemand houdt ons in de gaten. Ik zag zojuist de gordijnen bewegen.'
Als iemand ons openlijk op de vingers had staan kijken, dan zou het ons niets uitgemaakt hebben. Maar nu voelde ik me erg onbehaaglijk. Het was alsof iemand niet gezien wilde worden, maar wel wilde weten wat we daar uitspookten.
'Misschien is het Georgette die stiekem wil weten of we wel hard genoeg werken voor ons geld,' opperde Jonathan en hij legde een stapel dode takken en bladeren in de kruiwagen.
Of misschien is het die vrouw in de witte jurk, dacht ik.
'Jonathan, blijf jij hier, ik ga even onzichtbaar op onderzoek,' fluisterde ik.
Op handen en voeten scharrelde ik tussen de struiken weg tot achter een grote hortensia. Tussen de takken door kon ik ongehinderd naar de veranda kijken. Deze had een groot voorraam en twee schuine zijramen. Als een krab kroop ik zijwaarts verder. Ik droeg mijn blauwe spijkerbroek en een lichtblauw topje. Tussen de blauwe tinten van de bloemen van de hortensia zou ik niet vlug opvallen. Toen zag ik Judith staan.

9. Een gevaarlijke aantrekkingskracht

De gordijnen van het zijraam waren niet helemaal gesloten. Vanuit mijn positie achter de struik kon ik Judith zien staan. Ze keek door een kier van de gordijnen vanachter de grote ruit naar buiten.
Haar lange witte jurk was dof en vergeeld zoals bij stoffen die te lang bewaard zijn gebleven. Het leek op een ouderwetse trouwjurk. Haar witte haren waren in een grote **wrong** opgemaakt met daarin de witte aronskelk verwerkt.
Ze staarde naar Jonathan die juist herderstasjes langs de randen van het tuinpad aan het uittrekken was. Haar vingers friemelden aan de fluwelen gordijnen en in haar ogen was angst te lezen.
Opeens zag ik Georgette de kamer binnenkomen. Naast haar liep een vrouw die erg op Georgette leek. Haar gezicht was iets minder streng, ze had minder rimpels en ze was ook molliger dan haar oudste zuster. Amélie, schoot het door mijn hoofd. Ik dook iets meer naar achteren zodat niemand mij zou zien.
De twee zusters probeerden Judith van het raam weg te trekken, maar ze stribbelde tegen. Plots keek Judith opzij in mijn richting, alsof ze rook dat ik daar achter een struik verborgen zat. Ik maakte me nog kleiner. Haar **schichtige** ogen zochten me, maar vonden me gelukkig niet. Amélie praatte uitvoerig tegen Judith en probeerde haar te overtuigen van iets. Ondertussen

schoof Georgette de gordijnen open. Judith schrok van het daglicht. De zusters praatten tegen Judith maar ik kon ze niet verstaan; hun stemmen waren gedempt. Ik kreeg de indruk dat Judith een standje kreeg. Als een klein, tegenstribbelend meisje werd Judith weggevoerd, de kamer uit, nog steeds met angstige ogen.
Haastig sloop ik terug naar Jonathan.
'Er is inderdaad iets niet in de haak met Judith,' fluisterde ik. 'Ze is bang van ons. Ik zag het in haar ogen. Oma heeft gelijk, die vrouw heeft haar verstand verloren.' Ik praatte met mijn gezicht afgewend van het raam en plukte ondertussen het **woekerende** onkruid tussen de stenen uit.
'Hoe ziet ze eruit?' vroeg Jonathan gretig. Hij hield wel van dingen die anders dan anders waren en een vrouw die haar verstand had verloren, had hij nog nooit gezien.
'Ze ziet eruit als een vrouwelijk spook en het lijkt alsof ze haar trouwjurk aan heeft. Ze gedraagt zich heel vreemd, Jonathan.'
'Tja, wat kun je anders verwachten van mensen die kierewiet zijn,' antwoordde Jonathan. Hij verzette de kruiwagen, veegde een pluk haar van zijn voorhoofd en liet daar een paar bruine vegen achter.
'Wat mij hier vooral opvalt, is de manier waarop hun tuin is aangelegd.' Hij keek om zich heen en wees naar het veldje met de witte bloemen en de paarse krans eromheen.

‘Een normale tuinman doet zoiets niet,’ zei hij. ‘Alleen in de tuin van een begrafenisondernemer of bij bloemenkwekers die rouwkransen maken, groeien aronskelken. Wist je, Rebecca, dat die bloem een lijkgeur heeft? Een paar aronskelken in je tuin kunnen geen kwaad, maar meer dan honderd? Ik voel aan mijn grote teen dat dit een bedoeling heeft.’

Ik kende hem goed genoeg om te begrijpen dat er echt iets aan de hand was, zeker toen hij over zijn grote teen begon. Hij reed de met onkruid gevulde kruiwagen in de richting van het tuinschuurtje en ik volgde hem. Het vreemde bloemenveld lag vlak bij de **composthoop**. Terwijl Jonathan de kruiwagen leegmaakte, keek ik naar de witte en paarse bloemen. Het viel me opeens op dat de monnikskappen in een spiraal waren aangeplant. Waarom begreep ik niet, maar de spiraal had een vreemde aantrekkingskracht. Het was alsof een vreemde kracht me lokte om de weg naar binnen te volgen. Ik zette enkele stappen en liep voorzichtig tussen de paarse bloemen door. Ze waren bijna even hoog als ik. Op de achtergrond hoorde ik Jonathan de kruiwagen schoonschrapen.

‘Rebecca, waar ben je mee bezig?’ Jonathan klonk angstig. Zijn stem sloeg over en leek van ver te komen.

Ik weet niet wat me bezielde, maar ik bleef de spiraal volgen, al vertelde mijn verstand me dat ik dit niet moest doen. Maar ik leek gehypnotiseerd, ik kon het niet weerstaan. Ik hoorde het angstige gefluister van

Jonathan, die niet durfde te roepen om de zusters niet te alarmeren.
Toch bleef ik verder lopen, heel kalm, tot ik bij de witte bloemen kwam.

Judith glimlachte. Op de keukentafel lagen alle ingrediënten voor maanzaadkoeken: eieren, tarwemeel, ***gist****, suiker. Ze zou ze maken zoals haar moeder ze vroeger maakte, toen alles nog goed was. Toen ze nog allemaal samen waren. Maanzaad was goed tegen het kwaad. 'Wie iedere dag maanzaadkoeken eet, wordt honderd jaar,' had haar moeder haar steeds voorgehouden. Daarom at ze iedere dag maanzaadgebak.*
Een donkere schaduw trok over Judiths gezicht. Haar zusje had niet van de maanzaadkoeken gegeten. STOP

10. Een vreemde vondst

De paarse bloemenspiraal liep door tot bij de witte bloemen en nog steeds liep ik verder. Ik rook de geur van verrotting en dood, en dacht aan de woorden van Jonathan. Deze bloemen hadden een lijkgeur zoals hij had gezegd. Waarom werden er dan rouwkransen van gemaakt? Was het niet beter om kransen te maken met bloemen die een heerlijke geur verspreidden? Ik begreep er niets meer van. Ik wist slechts één ding: deze bloemen hadden een vreemde uitwerking op me.
Boven de open, witte kelken hingen wolkjes van aasvliegjes. De kleine insecten vlogen de bloem binnen en kwamen met stuifmeel bedekt weer naar buiten.
Van hieruit kon ik Jonathan nog maar nauwelijks zien. Waarom loop ik hier? vroeg ik me ineens af. Ik heb een grondige hekel aan dit soort vliegjes. Ze haasten zich altijd in grote zwermen naar appels met rotte plekjes. In het hotel van mijn ouders stonden altijd gevulde fruitmanden op het buffet. Het was mijn taak om iedere dag de fruitmanden te controleren op rottend fruit. Aasvliegjes, insecten, kakkerlakken, muizen en ander ongedierte zijn de grootste vijanden van een hoteleigenaar.
Ik keek naar de grond, de aarde was droog, en nergens groeide onkruid tussen de bloemen. Het was duidelijk dat dit gedeelte van de tuin goed onderhouden werd. Vaag hoorde ik ergens het dwingende gefluister van

een bezorgde Jonathan. Als een van de zusters me hier zou opmerken, zou ons karweitje erop zitten, wist ik. Toen zag ik opeens iets blinken in de aarde. Ik bukte me en raapte het op. Op het eerste gezicht leek het een gewone gouden knoop van een herenjas. Ik woelde even in de aarde en vond nog drie van dit soort knopen. Zouden ze van de tuinman afkomstig zijn?
Ik zat nog steeds gehurkt toen ik opeens Jonathan veel duidelijker hoorde spreken. Eerst dacht ik dat hij mij gevolgd was, de spiraal van bloemen door. Maar onmiddellijk daarna besefte ik dat hij met iemand praatte. Ik bleef gehurkt zitten. Gelukkig waren de bloemen hoog genoeg.
Ik hoorde een vrouwenstem vragen: 'Lukt het een beetje? Ik zie dat het paadje al heel netjes is gedaan. Waar is dat meisje gebleven?'
De stem van Jonathan klonk nu heel duidelijk, alsof hij me probeerde te waarschuwen. 'O, Rebecca is daarginds

ergens bezig. Ik vermoed tussen de hortensiastruiken, maar misschien is ze wel bij de hondsrozen bezig.'
Jonathan was werkelijk geniaal! Een acteur zou hem dit niet hebben kunnen nadoen.
Tussen de bloemen door zag ik de **gestalte** van Amélie verdwijnen en toen alles weer stil was, kroop ik op handen en voeten terug de spiraal uit.
Jonathan had een hoogrode kleur en hij was verontwaardigd: 'Rebecca, jij bent op je hoofd gevallen zeker? Die monnikskap is echt gevaarlijk en de zusters hebben ons verboden om het perk te betreden. Waarom doe je nou zo stom?!'
'Sinds wanneer gehoorzaam jij onmiddellijk oude dames? Wij zijn hier op avontuur, voor het geval je dat vergeten bent!' Mijn stem klonk eveneens opgewonden.
Hij wilde tegensputteren maar ik stak mijn hand met de vier gouden knopen onder zijn neus.
'Ik vond dit in het mulle zand, Jonathan. Ik wil graag aannemen dat iemand in het midden van dit bloemperk een knoop verliest. Maar dit zijn er vier. Niemand verliest zomaar ineens vier knopen. Georgette vertelde ons dat alleen Judith dit bloemperk verzorgt. Waarom vind ik dan vier herenknopen in het zand? Jonathan, hier is iets aan de hand en dat heeft jouw grote teen heel juist gevoeld.'
Jonathan bekeek de knopen en op zijn gezicht kwam een verbaasde uitdrukking.

‘Rebecca, dit zijn geen gewone knopen. Dit lijken wel knopen van het uniform van Duitse **officieren** uit de Tweede Wereldoorlog!’ Hij hapte een paar keer met zijn mond, als een vis op het droge. Zijn woorden bezorgden me rillingen en toch vond ik het tegelijkertijd ontzettend spannend.

‘Wat doen we nu?’ vroeg ik fluisterend.

‘Gewoon verder werken en het vertrouwen van de dames winnen zodat ze gaan praten. Dat was toch onze bedoeling, hè?’

Ik knikte en Jonathan keek even rond om te controleren of er niemand in de buurt was. Daarna knikten we samenzweerderig naar elkaar en met uiterst onschuldige gezichten liepen we met de lege kruiwagen terug.

We werkten in stilte verder. Dat wil zeggen: bijna in stilte. Af en toe klonken er uit onze mond vloeken die je beter niet hardop kunt zeggen in de aanwezigheid van ouders of leraren. Maar er stonden dan ook heel veel brandnetels, distels en duindoornstruiken.

De vrouw achter de gordijnen sloeg de handen voor het gezicht. Zachtjes begon ze te huilen en haar stem klonk als een eentonige droevige melodie.

‘Rebecca, ik zag je opeens niet meer. Waar was je? Je mag niet zomaar verdwijnen ... ’

Ze snoot haar neus en veegde de tranen van haar gezicht.

‘Ik zal maanzaadkoeken voor je bakken, dan kan jou niets overkomen ...’

11. Maanzaadkoeken

We werkten nog zeker een uur verder zonder dat we het gevoel hadden in de gaten te worden gehouden. Uit de keuken kwamen heerlijke geuren van versgebakken koeken. Mijn maag maakte me duidelijk dat het hoogste tijd was voor een tussendoortje, maar natuurlijk waren we onze koeken bij oma vergeten. De bloemborder bij de veranda zag er nu veel beter uit en we waren trots op ons werk.
Plotseling stond Georgette naast ons. We hadden haar niet horen aankomen. Zelfs buiten liep ze op haar vilten pantoffels.
'Ik zie dat jullie harde werkers zijn,' zei ze glimlachend. 'Jullie grootouders zullen wel trots zijn dat ze zulke kleinkinderen hebben. Jullie mogen hier gerust een paar dagen komen werken.' Ze keek goedkeurend naar de plaatsen waar we onkruid hadden gewied.
'Het is tijd voor een kopje thee. Volgen jullie me maar naar de keuken. Judith, onze zus, heeft koeken gebakken.'
We volgden de kaarsrechte gestalte naar de keuken, waar we bij de antieke waterpomp onze handen konden wassen. Terwijl Jonathan met de gekrulde **zwengel** pompte, schrobde ik snel het vuil van mijn handen en toen het zijn beurt was, kon ik het niet nalaten om hardop 'Twee emmertjes water halen, twee emmertjes pompen ...' te zingen.

Ik zweeg **abrupt**, want vanuit een andere kamer zong er iemand mee. Judith? Het was de stem van een oude vrouw, maar de manier waarop ze het kinderliedje zong had iets heel kinderlijks.
Georgette moet onze verbaasde gezichten hebben gezien en zei: 'Dat is Judith, ze zingt graag. Zij heeft de koeken gebakken. Dat doet ze iedere dag. Jullie moeten maar niet te veel aandacht besteden aan haar. Ze is bang van iedereen die ze niet kent. Ze is een beetje ...'
Georgette zocht naar de juiste woorden terwijl ze met haar hand naast haar hoofd een wapperende beweging maakte.
'Ze denkt niet meer zo helder,' vulde Amélie aan. De mollige vrouw, die slecht ter been was, kwam juist binnen met een schaal vol koeken. De koeken en de thee roken heerlijk en mijn maag gromde vol verwachting.
Jonathan keek aandachtig naar de dames. Het was duidelijk dat hij meer interesse had om het gesprek voort te zetten dan om de versgebakken koeken op te eten.
'Wat bedoelt u met *ze denkt niet meer zo helder*? De koeken die ze heeft gebakken zien er heerlijk uit. Alleen iemand die er verstand van heeft, kan zoiets bakken. Ik kan zelfs nog geen omeletje bakken.'
Ik keek naar de grote koeken die in de vorm van een acht waren gebakken. Ze waren overgoten met een honingkleurige stroop en bezaaid met maanzaad.
Georgette schonk de grote mokken vol en Amélie praatte verder terwijl ze op ieder bordje een koek legde.

'Onze Judith heeft veel meegemaakt. Ze voelt zich veiliger als ze met haar gedachten in het verleden kan leven. Daarom wil ze geen vreemde mensen zien en daarom bakt ze al bijna haar hele leven lang dagelijks maanzaadkoeken. Wij zorgen ervoor dat dit zo blijft en ...'
Met een strenge blik gaf Georgette haar zuster aan dat ze haar mond moest houden. Het onderwerp Judith werd afgesloten. Amélie verslikte zich haast in de thee. Ik zag een lichte teleurstelling in de blik van Jonathan maar even later vonkten zijn ogen weer toen hij in de heerlijke maanzaadkoek beet. Ze waren werkelijk overheerlijk. Ook de kamillethee met rietsuiker en citroen smaakte goed.
'Mevrouw ... eh Georgette ...' sprak Jonathan tussen twee happen door. 'Wie was uw tuinman?'
Amélie nam twee klontjes suiker, roerde met het theelepeltje en dronk met kleine slokjes. Georgette daarentegen, zat met de mok in haar hand en dronk niet.
'Onze tuinman? Waarom wil je dat weten, Jonathan?'
'Als we hier een paar dagen komen werken, is het geen slecht idee om eens met hem te gaan praten. Hij kan ons vertellen waar we rekening mee moeten houden. Het was zijn tuin en hij weet er natuurlijk het meeste vanaf.' Hij keek Georgette onschuldig aan, maar ik begreep meteen dat hij iets in zijn schild voerde.
'Dat is geen slecht idee, Jonathan,' zei Georgette. 'Onze tuinman heet Pierre Leroi en hij woont in het kleine

huisje naast het postkantoor. Hij werkt al sinds de oorlog bij ons. Daarvoor was zijn vader onze tuinman. Het kan zeker geen kwaad als jullie eens met hem praten.'
Jonathan knikte en vroeg als een echte detective: 'Waarom werkt de tuinman hier niet meer? Is hij misschien te oud?'
Georgette knikte als antwoord, maar Amélie schudde haar hoofd. Weer zond Georgette een waarschuwende blik naar haar zuster. Ze antwoordde: 'Ja, dat kun je wel stellen. Pierre was een goede tuinman. Hij is nu achtenzeventig jaar. Als je ouder wordt, gebeuren er ook vaker kleine ongelukjes. Je lichaam is niet meer wat het vroeger is geweest. Pierre had ook een probleem: hij dronk steeds meer en meer.'
Ze pakte de mokken en de lege borden en stapelde alles op in de gespikkelde gootsteen.
'Kunnen jullie hier morgenochtend van tien tot twaalf zijn?'

12. Het oude fotoalbum

Natuurlijk brachten we verslag uit aan onze grootouders, maar over de vondst van de gouden knopen zwegen we. Waarom, wisten we zelf niet.
De volgende dag was het bewolkt. Om stipt tien uur stonden we voor het grote landhuis. We werden deze keer binnengelaten door Amélie. Georgette was nergens te zien.
'Mooi, daar zijn jullie. Jullie kennen de weg? Ik moet terug naar de kelderkeuken, want ik ben rodebessenjam aan het maken,' zei ze gehaast. Ze verdween met kleine, voorzichtige pasjes via een trap naar het **souterrain**.
We liepen langzaam door de donkere gang en Jonathan was waakzamer dan gisteren. Ergens in een van de kamers was iemand aan het zingen en ik wist dat het Judith was. Het waren vreemde klanken in een onbegrijpelijke taal en de melodie klonk **weemoedig**.
Natuurlijk bleven we staan bij de houten trap. Eerst hoorden we boven een deur opengaan, daarna hoorden we het ruisen van stof. We keken tegelijkertijd naar boven en zagen Judith staan bij de **balustrade**. Ze droeg dezelfde witte jurk en had weer een witte aronskelk in haar haren.
Ze keek met opengesperde, koolzwarte ogen naar beneden en het duurde even voor het tot me doordrong dat Judith alleen naar mij keek. Er stonden twee gevoe-

lens op haar gezicht te lezen: angst en nieuwsgierigheid.
'Rebecca ... Rebecca ... mijn kleine Becca ...' **murmelde** ze voortdurend.
Ik kreeg er kippenvel van en Jonathan trok me haastig aan mijn mouw verder. Ik voelde me verward en in mijn hoofd speelden mijn gedachten haasje-over. Alleen mijn vader had me vroeger 'mijn kleine Becca' genoemd.
De kale keuken zag er precies hetzelfde uit als gisteren, alleen de geur van slappe koffie verried dat hier werd geleefd. Ik ging even op een stoel zitten om bij te komen.
'Jonathan, hoe kan dat nou? Het lijkt wel alsof Judith me kent.'
Jonathan knikte en ik zag dat hij zich net als ik niet op zijn gemak voelde. Hij pakte de enige overgebleven stoel en kwam naast me aan de keukentafel zitten. Met zijn elleboog stootte hij per ongeluk tegen een boek, dat er gisteren niet had gelegen. Het boek had een versleten leren omslag en ik zag onmiddellijk dat het een oud fotoalbum was.
We keken elkaar aan, zeiden niets en openden het fotoboek. Vergeelde foto's met gekartelde randen, onbekende mensen in ouderwetse kleren, hier en daar een onderschrift of datum in een sierlijk handschrift. Tussen de harde bladzijden met foto's was doorschijnend, knisperend papier bevestigd. Het maakte in onze oren

een oorverdovend lawaai telkens als we het omdraaiden.
Op de laatste vier pagina's had iemand zwarte lintjes bevestigd aan de foto's. Bovenaan stond: 1940-1944.
'Dit zijn foto's van mensen die in de Tweede Wereldoorlog zijn gesneuveld,' fluisterde Jonathan.
Toen vielen onze ogen op de laatste foto. Er stond een meisje op van een jaar of tien met korte, donkere krullen en koolzwarte ogen. Ze glimlachte een beetje brutaal naar de fotograaf en in haar hand had ze een tennisracket. Naast de foto stonden een naam en een datum: Rebecca, juli 1944 †.
Ik had nog nooit zo sterk de stilte gehoord. Jonathan zei niets, net als ik. Het meisje op de foto leek als twee druppels water op mijzelf.
Ik slikte een paar keer, maar kreeg de smaak van de angst niet weggeslikt. Jonathan klapte het boek dicht en pakte mijn hand.

‘Kom Rebecca, we moeten naar buiten,’ zei hij zenuwachtig, ‘ik krijg het hier benauwd. We gaan in de tuin werken zoals we hebben beloofd en vanmiddag brengen we de tuinman een bezoek. Misschien kan hij ons wat meer vertellen over de drie zusters Boulanger en die ... die vreemde foto.’
Ik volgde hem gedwee en even later veegde ik het tuinpad terwijl Jonathan de haag bijknipte.
Ik hield ondertussen het huis goed in de gaten want de schrik zat nog steeds in mijn lichaam. Judith bleef op de bovenetage en staarde door een kier tussen de gordijnen naar ons. Waar ik ook ging, ik bleef haar ogen voelen.
Om twaalf uur kwam Amélie ons tegemoet. Haar witte schort vertoonde bessenvlekken en onwillekeurig moest ik aan bloedvlekken denken. In haar hand had ze twee maanzaadkoeken.
‘Rebecca, ik moest je van Judith deze koeken geven. Maanzaad is heel gezond voor je, zegt ze.’ Ze gaf ons ook het gepaste geld voor het tuinwerk dat we hadden gedaan en verdween terug naar het **souterrain**.
‘Ik wil meer te weten komen over maanzaad,’ fluisterde Jonathan.
Toen we de tuin verlieten, keek ik nog een keer naar boven. Judith stond bij de gordijnen en keek nog steeds indringend naar mij. Ik nam een grote hap uit de maanzaadkoek, keek terug naar boven en ik zag Judith glimlachen.

13. Op bezoek

Ons lievelingseten stond al klaar: kip met appelmoes en frietjes. Toch kreeg ik geen hap door mijn keel. Ik moest de hele tijd denken aan Judith, het maanzaad en de foto van het meisje.
Jonathan zat alweer in de dikke boeken van opa te neuzen, op zoek naar maanzaad, maar hij vond niets.
'Wat zoek je, Jonathan?' vroeg oma die nog een dessert kwam brengen: rijstepap met rozijnen en lichtbruine **griessuiker**. Jonathan nam het gretig aan, maar ik hoefde niets.
'We willen alles weten over maanzaad,' antwoordde Jonathan, ondertussen genietend van het heerlijke nagerecht.
'Had dat dan meteen gezegd,' antwoordde oma. 'Ik weet er alles van. Maanzaad is afkomstig van de papaver. Het wordt vooral gebruikt in brood en in gebak. Het eten van veel maanzaad kan een licht **bedwelmende** werking hebben. Er bestaat een joodse legende die vertelt waarom maanzaad in brood of gebak verwerkt moet worden.'
Opa was erbij komen zitten en hield een hand achter zijn oor om het gesprek te kunnen volgen terwijl oma verder vertelde.
'Brood staat symbool voor het voedsel dat ieder lichaam nodig heeft om in leven te blijven. Maar de legende vertelt dat ook de ziel voedsel nodig heeft.

Daar zorgt het maanzaad voor, want het staat bekend om zijn rustgevende werking. Iemand die een rustige geest heeft, komt beter tot heldere gedachten en daden. Het is een geschenk van de maan en alle boze geesten hebben er een gloeiende hekel aan. Dus wie koeken met maanzaad eet, is opgewassen tegen alle vormen van het kwaad.'

Opa knikte en stak een sigaartje op. 'Vroeger bakten alleen de joodse bakkers brood en gebak met maanzaad. Maar tijdens de oorlog was er veel minder meel te krijgen en daarom deden de joodse mensen er veel meer maanzaad bij dan meel. Dat was maar goed ook, het maakte de kinderen rustig.' Hij trok daarbij een zorgelijk gezicht.

'Waarom moesten de kinderen rustig gemaakt worden?' vroeg ik.

Opa schudde zijn hoofd. 'Ik praat niet graag over de oorlog, het maakt me verdrietig. Maar toch is het niet slecht dat jullie er iets meer over te weten komen, in de hoop dat jullie verstandiger met de vrede zullen omgaan dan onze **generatie**. In de Tweede Wereldoorlog werden de joodse mensen opgejaagd en gevangengenomen. Joodse moeders stopten hun kinderen maanzaadkoeken toe in de hoop dat ze rustig zouden blijven, ongeacht wat er hen aan ellende boven het hoofd hing.'

'Gaan jullie vanmiddag nog naar de drie zusters?' vroeg oma en ik voelde dat ze opzettelijk van onderwerp veranderde. Ze wisselde **steelse** blikken met opa.

'We gaan de vroegere tuinman een bezoekje brengen,' antwoordde Jonathan. 'Hij kan ons misschien dingen over de tuin vertellen die we moeten weten.' Hij knipoogde naar me.
Opa knikte, ging met zijn krantje in de leunstoel zitten naast de babbelende radio en viel al vlug in slaap. Oma ging met een kopje koffie naast hem zitten en Felix sprong spinnend op haar schoot.
'Zullen jullie voorzichtig zijn?' vroeg ze ernstig toen we naar buiten gingen. Ik voelde voor het eerst dat nog niet alles was gezegd. Zelfs opa en oma hadden hun geheimen.

Pierre Leroi woonde in een typisch Normandisch huisje met een hoog, strooien dak als een zonnehoed en witgekalkte muren, waarin houten balken zichtbaar waren. De tuinman stond in zijn kleine voortuintje en gaf de geraniums op de vensterbank water. Toen we hem vertelden dat we in de tuin van de zusters Boulanger werkten, wenkte hij ons naar binnen. Het was duidelijk dat hij blij was met wat gezelschap, want hij joeg zijn zes katten van de bank om plaats te maken en vroeg ons onmiddellijk of we iets wilden drinken. Ook al weigerden we beleefd, hij gaf ons elk een glaasje met troebele **cider**. Voor zichzelf schonk hij een glaasje pernod in, een alcoholisch drankje dat een sterke anijsgeur had. Ons drankje rook naar **gegiste** appels maar ook naar alcohol. Ik schoof het wat verder weg. Ook Jonathan trok een vies gezicht en ik schoot bijna in de lach. Toen nam hij het woord.

'Meneer Leroi, wij hebben twee dagen gewerkt in de tuin van de zusters Boulanger, maar we hebben uw hulp nodig ...'

Pierre onderbrak Jonathan direct: 'Ik ga niet meer terug, hoor! Ze moeten maar een jongere tuinman zoeken.'

Hij schudde zijn gerimpelde hoofd en wees met zijn verweerde vinger naar de fles pernod op tafel. Ik schonk hem een beetje bij en deed er een scheutje water bij, zoals hij dat eerder had gedaan.

'We vragen u niet om terug te komen. We zouden alleen graag willen weten wat er gaande is in dat huis van de zusters,' ging Jonathan verder. We keken hem vragend aan en hoopten dat hij niet te veel van dat anijsdrankje zou drinken.

Hij zat daar hoofdschuddend alsof hij zijn eigen gedachten niet geordend kon krijgen. Met bevende handen dronk hij van het glaasje en zijn troebele ogen keken in het verleden.

14. De oude tuinman vertelt

Pierre staarde door het kleine venster naar buiten en vroeg toen rustig: 'Wat willen jullie weten? Waarover moet ik vertellen? Een tuinman beleeft niet veel interessante dingen.'
Jonathan schoof een beetje dichterbij. 'Kunt u ons vertellen over vroeger, toen u een jonge tuinman was?'
Zijn gezicht fleurde een beetje op. 'Mijn vader werkte als tuinman bij de zusters. Ik ben als tienjarig jongetje met hem meegegaan, want ik moest natuurlijk het tuinmansvak leren. Dat was aan het begin van de oorlog. Gelukkig was ik niet oud genoeg om soldaat te worden. Ik heb mijn werk altijd met veel plezier gedaan.'
Hij nam nog een flinke slok en zijn eeltige vingers wreven over zijn stoppelbaard. 'Toen leefden de ouders van de twee zussen nog,' vervolgde hij.
'Twéé zussen?' onderbrak ik hem verbaasd.
Hij knikte en antwoordde: 'Jazeker, twee zussen: Georgette en Amélie Boulanger ...' Hij stopte **abrupt** en keek **schichtig** van Jonathan naar mij met een lichte achterdocht in zijn ogen.
Jonathan greep onmiddellijk in. 'We kennen de twee zussen natuurlijk en ik moet zeggen dat ze er goed uitzien voor hun leeftijd. Maar er woont daar ook een vrouw die Judith heet. Ze draagt een lange, witte jurk en ze wil ons steeds maanzaadkoeken laten eten.'

Pierre knikte en haalde een plat sigaretje van achter zijn oor tevoorschijn.
'Ja, Judith ... dat is een triest verhaal. Zij is geen familie, maar zij was bij de familie in de leer als naaister. De familie Boulanger had in de stad een groot naaiatelier. Georgette en Amélie waren ook naaisters en van dezelfde leeftijd als Judith. Ze werden zeer goede vriendinnen. Judith was joods en ze was verloofd met een knappe joodse goudsmid – ik zal zijn naam nooit vergeten – hij heette Aaron.'
'Zoals die witte bloemen, aronskelken,' fluisterde ik bijna onhoorbaar en Jonathan knikte naar me.
Er viel weer een stilte en ik voelde hoe Pierre in zijn eigen gedachten ronddwaalde. We moesten hem aan de praat houden.
'Waarom heeft Judith haar verstand verloren?' vroeg Jonathan op het juiste moment.
Pierre zuchtte: 'Alles wat ik jullie vertel, weet ik deels van mijn vader, deels omdat ik erbij was toen alles ...'
Hij zuchtte nog eens diep. 'Judith zou die zomer trouwen. Samen met Georgette en Amélie naaide ze haar bruidsjurk. Georgette en Amélie zouden de bruidsmeisjes zijn en ik zou de koets met bloemen versieren. Maar voor het huwelijk plaatsvond, brak de oorlog uit en geen enkele jood was nog veilig in de stad. Er zijn toen veel joodse mensen ondergedoken bij Franse gezinnen. Judith en haar jongere zusje doken onder bij de familie Boulanger en deden alsof ze zusters waren. De

ouders van Judith werden opgepakt. Ze werden weggevoerd en zijn nooit meer teruggekomen.
'Is ze daardoor ziek in haar hoofd geworden?' vroeg ik.
Pierre schudde zijn hoofd. Het eindje sigaret was uitgegaan en kleefde tussen zijn lippen. 'Het komt meestal niet door één gebeurtenis dat een mens zijn verstand verliest. Soms kan een mens te veel meemaken, zoals het geval was bij Judith. Ze was een heel mooie vrouw en ze voelde zich verantwoordelijk voor haar kleine zusje.
Mijn vader vertelde dat ze voor haar zorgde als een moeder. Ze zong liederen voor haar en ze bakte koeken zoals haar moeder ze gebakken zou hebben. Maanzaadkoeken die hen beschermden, zei ze altijd.
Mijn vader bracht uit de stad altijd maanzaad mee voor de koeken, maar op een dag kwam hij met lege handen terug en dat vond Judith heel erg. Nu kon ze geen koeken bakken voor haar zusje.
In het dorp waren Duitse soldaten gelegerd. Een van hen, een Duitse **officier**, droeg altijd een cape met een **monnikskap** over zijn uniform. Hij had het kleine zusje met de zwarte krullen zien lopen in de duinen en hij vond dat ze er erg joods uitzag. Het meisje werd opgepakt en weggevoerd en ook zij is na de oorlog niet levend teruggekomen.
De soldaten hebben Judith niet gevonden. Ze heeft maandenlang gehuild en niemand kon haar troosten.
Ze bleef denken dat het haar schuld was omdat ze geen

maanzaadkoeken had gebakken. Mijn vader vond het natuurlijk ellendig want hij was diegene die zonder maanzaad was teruggekomen. Uiteraard waren de koeken niet de oorzaak, maar wel die afschuwelijke oorlog. Geen enkele koek kan een mens beschermen tegen gevaar.'

'Heette het meisje Rebecca?' vroeg ik fluisterend.

'Hoe weet jij dat?' vroeg hij verbaasd. 'Nou je er ... hik ... toch over begint, jij lijkt wel op haar. Zij zag er wel meer uit als een echt meisje.' Hij keek met zware oogleden naar mijn gebleekte spijkerbroek en mijn versleten sportschoenen, en trakteerde zichzelf op een nieuw glas pernod met water.

Pierre was duidelijk **bedwelmd** door de alcohol en ik gaf Jonathan een seintje dat het tijd werd om naar huis te gaan. Maar Jonathan had heel andere plannen. Zolang Pierre bereid was te praten, zou Jonathan doorgaan met alles boven water te halen.

15. Het verhaal van Aaron en Judith

'Wat is er gebeurd met Aaron, de joodse verloofde van Judith?' vroeg Jonathan.
Pierre liet een paar boertjes en zijn woorden kwamen haperend. 'De mensen in het dorp denken dat hij naar Amerika is gevlucht. Ha!
Andere mensen denken dat Aaron er met een ander liefje vandoor is gegaan, ha ... hik!'
Hij bleef grinniken om zijn eigen binnenpretjes en het leek alsof hij niet meer besefte tegen wie hij praatte.
'Ze moesten eens weten, ze moesten eens weten! Ik alleen ken de waarheid ... en de zusters Boulanger natuurlijk ook, hik!'
Hij nam met onvaste hand een vloeitje, rolde er een pluk tabak in, likte het vloeitje dicht en stond op. Van een gietijzeren kacheltje nam hij een ijzeren koffiepot en schonk zichzelf een inktzwarte kop koffie in. Hij dronk drie koppen achter elkaar voordat hij eindelijk verder vertelde. Het was alsof de koffie hem weer had gewekt.
'Op een avond stond Aaron voor de deur van de familie Boulanger. Hij kwam afscheid nemen van Judith. Hij wilde naar Amerika vluchten en later, als de kust veilig was, zou Judith hem achternareizen. Het is niet gelukt, niet gelukt ...!
'Wat gebeurde er, Pierre?' drong Jonathan aan.
Pierre leek met zijn gedachten ver weg. Hij moest drie

lucifers aanstrijken voor hij zijn sigaret kon aansteken. De alcohol zou hem spoedig helemaal **benevelen**, vreesde ik.

'Ik ken het geheim ... Die Duitse officier met de monnikskap hield Aaron al een hele tijd in de gaten. Aaron was net als Judith joods en hij leefde ook ondergedoken, in een naburig dorp. Hij kon het niet laten om af en toe zijn geliefde op te zoeken. Dit was natuurlijk met vuur spelen en het is hem **fataal** geworden. De officier had Aaron opgemerkt en was hem gevolgd. Judith liet Aaron binnen, maar de officier kwam via de tuin en de veranda ook naar binnen. Ze trokken allebei tegelijkertijd een pistool en schoten. De man met de monnikskap was onmiddellijk dood, en Aaron overleed enkele uren daarna. Ik was toen veertien jaar. M-meer mag ik niet vertellen. Het is allemaal geheim.'

Het leek erop dat Pierre, ondanks de alcohol in zijn bloed, nog zelfstandig kon beslissen wat hij wel en niet mocht zeggen. Of kwam het door de koffie?

We keken elkaar aan en ik wilde het liefst naar huis fietsen, naar oma. Ik wilde haar vragen of ze nog eens die lekkere erwtensoep wilde maken met kleine stukjes gebakken spek erin. Ik zou de televisie aanzetten en naast opa neerploffen om samen te kijken welke wielrenner de gele trui zou winnen. Ik zou Felix, de kater, kunstjes leren en vergeten wat oorlog was. Eigenlijk wilde ik niets meer weten.

Maar Jonathan was bijna veertien en wilde het onder-

ste uit de kan halen. Hij grabbelde in zijn broekzak en haalde er de vier vergulde knopen uit. Pierre knipperde met zijn ogen maar begreep het niet.
'Wat is dat?' vroeg hij.
'Dat zijn vier knopen van een Duits officiersuniform. Rebecca vond ze tussen de aronskelken.' Jonathan keek triomfantelijk, bijna uitdagend naar Pierre, die verbluft naar de knopen keek.
'Nou breekt mijn klomp,' mompelde Pierre. 'Dan kennen jullie ook het geheim?'
Ik schudde mijn hoofd en haalde mijn schouders op, maar Jonathan knikte langzaam. 'Ik heb zo'n vermoeden, Pierre, maar ik wil het graag uit jouw mond horen.'
'Zullen jullie het niet doorvertellen?' vroeg Pierre met een stem als een kind dat zich betrapt voelt. 'Ik bedoel ... jullie mogen het pas doorvertellen als wij er niet meer zijn: Georgette, Amélie, Judith en ik. Het geheim lag me soms zwaar op het hart. Misschien dat alles een beetje minder zwaar zal zijn, nu jullie het ook kennen.'
Hij stond langzaam op en ging voor het raam staan. Zijn rug was krom van het werk en van ouderdom. Hij sprak met zijn gezicht afgewend.
'Wat moeten drie vrouwen met twee lijken in oorlogstijd? Het was levensgevaarlijk: een dode Duitse officier en een dode joodse goudsmid. Als de Duitsers dit hadden ontdekt, zouden we wellicht ook niet meer lang geleefd hebben. Judith kreeg een kalmerend drankje en Georgette en Amélie zijn mijn vader en mij komen

halen. Wij hebben achteraan in de tuin een diepe put gegraven en we hebben de twee mannen daarin begraven. We hebben ze zo goed mogelijk een joodse en een christelijke begrafenis gegeven. Daarna heb ik de bloemen gezaaid, de giftige monnikskap en de mooie aronskelk. De bloemen kwamen iedere zomer weer en het bloemenveld groeide steeds maar verder.'
'Die knopen zijn dus van de officier met de monnikskap …' fluisterde ik voor me uit.
'Hebben jullie dit altijd geheim kunnen houden?' vroeg Jonathan.
Pierre haalde zijn schouders op. 'Wie zal het zeggen? Niemand stelde ons vragen, maar ik vermoed dat de dorpelingen allang wisten dat zwijgen soms je leven kan redden.'

16. Blauwe en bruine ogen

We fietsten zwijgend naar huis. Ik voelde me vreemd, alsof ik in één dag een jaar ouder was geworden. Ik keek zijdelings naar Jonathan en hij keek naar mij met een ernstige blik in zijn ogen.
'Ik begrijp niet waarom mensen steeds maar oorlog moeten voeren,' zei hij. Ik schudde mijn hoofd, ik begreep het ook niet. Ik was opgelucht toen we onze fietsen konden stallen in de berging. Uit oma's keuken kwam de heerlijke geur van versgebakken cake. Mijn maag knorde.
We probeerden zo gewoon mogelijk te doen, maar het verhaal van Judith bleef aan ons knagen. Opa zat voor de televisie en keek gespannen naar de wielrenners die een berg beklommen. Wij gingen aan tafel zitten, maar toen oma chocolademelk en de nog warme cake binnenbracht, schrokken we. Op de cake was maanzaad gestrooid.
Oma moest het aan onze gezichten hebben gezien, want ze zei: 'Jullie wilden vanmiddag toch alles over maanzaad weten? Ik had hier nog ergens een pakje liggen, dus besloot ik ineens om het over de cake te strooien.'
We knikten en zwijgend aten we van de maanzaadcake. Opa begon te juichen, zijn favoriet had de wielerwedstrijd gewonnen. Hij kwam bij ons aan tafel zitten, sneed een reuzegroot stuk cake af en zei: 'Mmm, het

is lang geleden, Mirabel, dat je zo'n lekkere maanzaadcake hebt gebakken.'
Met volle mond praatte hij verder, ondertussen genietend van de cake. 'Wisten jullie dat oma de allerbeste cakebakster ter wereld is?'
We konden alleen maar knikken en oma keek ons onderzoekend aan. Toen keek ze met een bezorgd gezicht naar opa. Hij keek niet-begrijpend terug en vervolgens weer naar ons.
Opeens viel het me op: opa had lichtblauwe ogen en oma had koolzwarte ogen, net als ik. Zachtjes begon er in mijn hoofd een belletje te rinkelen.
'Oma en opa?' sprak ik, 'Jonathan en ik moeten iets vertellen.'
We vertelden het hele verhaal aan onze grootouders, zonder ook maar iets weg te laten. Toen we klaar waren zei oma: 'Wij kenden het geheim, zoals iedere dorpeling die de oorlog hier heeft meegemaakt. Ik had niet verwacht dat jullie het zouden ontdekken, maar vroeg of laat zou ik het jullie hebben verteld. Maar zolang er nog iemand in leven is, moet dit een geheim blijven voor de rust van de drie zussen. Er zijn nog zo veel dingen die jullie moeten ontdekken: goede en kwade dingen.'
Ze keek naar opa. Hij knikte en hij vervolgde het verhaal.
'Jullie oma is ook geboren uit joodse ouders, in Amsterdam. Zij heeft aan het begin van de oorlog met haar familie hier kunnen onderduiken bij een boer die ap-

pel- en pruimenboomgaarden had. Ik moest regelmatig naar die boerderij om **appelcider** en wijn te kopen voor mijn vader. Dan speelden we samen tussen de fruitbomen, als de kust veilig was. Na de oorlog keerde jullie grootmoeder terug naar Nederland. Misschien hadden we elkaar nooit meer gezien als de appelboer, die kinderloos was, na zijn dood niet een stukje grond aan haar had nagelaten. Dat was de grond waarop dit huis werd gebouwd. Gelukkig ...'

Opa keek oma liefdevol aan: 'Gelukkig is mijn Mirabel teruggekomen.'

Oma glimlachte en zei: 'Mijn echte naam is niet Mirabel. Mijn echte naam mocht niemand weten omdat men daardoor direct zou weten dat ik joods was. Daarom noemde iedereen me Mirabel.

Na de oorlog bleef iedereen me zo noemen. Ik was aan deze naam gehecht geraakt omdat jullie opa me als eerste zo had genoemd.' Haar glimlach werd nog breder waardoor ze op een echte Mirabel leek: met blozende en ronde wangen, die erom vroegen om in gebeten te worden.

'Mijn geboortenaam is ook Rebecca: net als het zusje van Judith en net als jij, Rebecca. De betekenis van mijn naam is: trouw en beeldschoon. En dat ben jij ook, Rebecca, mooi en trouw.'

Toen heb ik mijn grootmoeder geknuffeld, minutenlang, met tranen in mijn ogen. Nooit meer wilde ik Anouk, Sophie, of Lotte heten!

Jonathan en ik gingen nog drie keer tuinieren bij de zussen Boulanger. Onze angst was volledig verdwenen nu we de hele geschiedenis kenden. Judith bleef zich vreemd gedragen, maar we begrepen nu ook waarom. We zwegen in alle talen over wat we te weten waren gekomen.
We bleven logeren tot aan het einde van de zomervakantie en samen met Jonathan bestudeerde ik op regenachtige dagen de dikke oorlogsboeken van opa. Ik ontdekte dat geschiedenis eigenlijk ontzettend boeiend is.

Op de eerste schooldag vertelde Fleur me honderduit over Spanje, de discotheek en haar eerste vriendje.
Daarna vroeg ze: 'En wat heb jij gedaan?'
Ik antwoordde in alle ernst: 'Ik heb geschiedenis geleerd, heel veel geschiedenis.'
Ze dacht dat ik een grapje maakte, maar toen ze zag dat ik serieus was, zei ze: 'Ach Rebecca, wat sneu voor jou! Wat moet jij een saaie vakantie hebben gehad.'